몸 밖의 안부를 묻다

모악시인선 018

몸 밖의 안부를 묻다

기명숙

모악

시인의 말

시가 향하는 곳에 불안한 소리들로 가득했다

무의식의 경계는 격양되고 아팠지만
한편 후련하기도 했다
외연의 질감이 제거되기를
고독이 창궐하기를 바랐으나
조리개로 조절하는 시간들이 겁쟁이처럼 흘렀다

첫 누옥陋屋을 지어 쓸쓸한 이들을 들였으니
텅 빈 곳이 조금은 따뜻해오겠다

2019년 10월
기명숙

차례

시인의 말   5

1부   숨을 고르는 사이

노을   13

비와 눈발   14

아가미   15

꽁치   16

홍합   18

주스   19

일회용 라이터   20

닭똥집   21

국경에 대하여   22

화암사   24

타라   25

당나귀 카페   26

유 씨 제각   28

서가에 꽂힌 오래된 책   29

2부   희미한 얼굴들

비 소식   33

되찾은 문패   34

그랬더라면   35

검은 귤   36

생선 시장에서   37

북어   38

당신의 보길도   39

스물한 살   40

닭   41

1987년 신촌   42

뼈   44

맨드라미 네일 아트   46

별 다방   47

쌍화차   48

섬   49

3부 말의 기척

11월   53

천변 산책   54

도서관   55

짧다의 조건   56

식은 커피   58

못 박는다는 말은   59

변주   60

푸르스름한 비명   61

사거리   62

회전문   63

무화과 그늘   64

귤 하나   65

철쭉   66

낙화   67

4부 문 바깥의 소식

가을을 통과하는 법　71

점집 골목　72

논노패션　73

카페 탐 앤 탐스　74

대낮 풍경　75

러닝머신　76

복사기　77

회화　78

오브제에 관하여　80

양철북　82

폭우　83

개 같은 산책　84

거꾸로 달리기　86

새벽　87

해설 몸 안의 몸, 설렘과 몸살의 이율배반 | 최금진　88

1부
숨을 고르는 사이

노을

저녁마다 지워지는 그 아름다운 실패작을
하루치 식량처럼 꼬박꼬박 먹어도 안 없어지던 허기
여전한 내가 국경수비대에 잡혀 철책을 넘지 못하는
가도 가도 손닿지 않는 쓸쓸함의 풍요

비와 눈발

빗소리보다 한 옥타브 낮고 눈발보다 고음
물음표보다 공손하고 느낌표보다 솔직한
아토피처럼 습관적인 비와 눈발 사이 오래된 습속
수면제 녹는 소리

눈꺼풀이 닫히며 헤어진 애인의 발자국 소리
슬픔 툭툭 털어 우산을 접고
비와 눈발 사이를 떠도는
터무니없이 당신을 용서하고픈 화해의 감정
투명한 물방울로 다녀간 그 사이

아가미

　당신은 불리한 아가미를 가졌습니다 아래턱과 붉은 혀 사이 비밀을 토해낼 때까지 아가미는 취조 대상입니다 물의 신변에 돋았던 소름의 흔적은 비늘을 압류할 때까지 비밀에 부치기로 해요 고래 등에 발전소가 세워졌습니다 해파리에 쏘인 부도덕한 주검이 식탁 위 훌륭한 요리가 되었군요 진술을 거부할 권리가 있는 당신, 둔기에 얻어맞아 거품을 쏟으며 침묵하는, 이제 배를 가릅니다 석유찌꺼기 같은 위험한 농담과 플라스틱 성분의 비열한 거래를 목격했다고 토막 난 후에야 진술하는 당신 어쩌다 여기까지 왔나

꽁치

접시 위에 잘 구워진 채 퍼덕거린다
물때가 가시지 않은 맑은 눈을 또랑또랑 뜬 채
꽁치는 잠시 숨을 고르는 중이다

꽁치가 날아가지 못하도록
날렵한 젓가락들이 접시 주변을 들락거린다
꽁치의 살과 살 사이
흰 머리카락 같은 가시들이 드러난다

촘촘히 박음질한 무명천 조각 같은 가시는
꽁치의 몸을 찌르던 바늘이었다

나는 누구인가, 바다를 벗어나고 싶은 꽁치가
물을 때마다 가시는 단단해졌다
스스로를 찌르는 가시 때문에
푸른 물결을 뚫어야 했다
가시에 찔리지 않으려고 도망치다
꽁치는 길쭉해졌다

꽁치의 몸에
대가리부터 꼬리까지 들어와 박힌 청회색 바다를

젓가락들이 뜯어먹게 놔두고
꽁치는 다시 날아가려고 기우뚱 뒤집는다
반대쪽 살이 통통하다

홍합

너는 1인분의 바다로 내게 왔구나
패각 모서리 주름 사이사이
흰 파도 덧니 난 계집아이처럼 웃고
소금기 비릿한 몸을 하고 풍문처럼 왔구나

붉은 네 육체의 건강한 리듬
불 위에 달구어질 때
내 욕망도 따라 더욱 붉어지던 것을
부끄럽게 고백하노라

매끄러운 네 몸 속에 또 하나의 몸
차마 숨길 곳이 없었던 게지
벌겋게 달아오른 젓가락이 집요하게
너를 헤집을 때마다
산통 앓는 여인처럼 질끈 눈을 감고 뒤척여대던

너는 1인분의 바다가 되어 도망쳐 왔구나

주스

   사과의 시린 이빨과 토마토 배꼽을 도려내자 풋내가 진동한다 첨언하듯 떨어뜨리는 몇 방울의 꿀, 과일과 꿀이 불화할 때가 있음을 명심해야 한다 회전과 와류를 타고 타액이 흥건해질 때까지 목을 조른다 누군가의 삶을 휘젓고 교란시킬 때의 악취미는 오래된 인류사 굉음과 함께 흔들리고 깨지고 섞이다가 혈행처럼 고요해지는 한 잔의 주스 사과도 토마토도 아닌 질감이 사라진 문장만 가득하다 모터가 돌아갈수록 통사 반복은 심드렁, 종지부는 생략되지만 눈과 혓바닥까지 잘려 나간 주스의 문체는 언제나

   핏빛

일회용 라이터

　가끔 나는 맥주병의 모가지를 딴다 퍼엉! 하는 한 발의 총
성과 함께 폭죽 같은 거품이 흘러내리곤 했다 룰렛 게임에
서 남겨진 일회용 총알이 저렇게 내 삶을 관통할지도 모르겠
다　볼이 움푹 팰 때까지 세상의 발목을 말아 피우는 사내를
본 적도 있다 살의를 품은 얼굴이 나를 주머니에 찔러 놓고
세상의 한 귀퉁이를 태우고 있었다 덩달아 몸이 단 나는 태
우는 자와 태워지는 자 사이의 팽팽한 구도를 놓칠 뻔도 했
다 담배의 생을 점화할 뿐, 나는 미래를 위한 설계 따윈 하지
않는다 귀한 몸으로 대접 받는 일 꿈꾸지 않는다 잔량으로만
평가 받으며 금간 그릇과 깨진 술잔에 부딪쳐 속절없이 사라
질 뿐, 쓰레기통으로 이어지는 늙은 당나귀 힘줄 같은 내리
막길이 저 아래 있다 폐활량이 다할 때까지 당신, 부디 점화
하시라

닭똥집

너는 내 똥창을
집어 먹는다 생의 비의를
숨기기 급급한 네가
내 치부와 치욕을
맛있게도 발라 먹는구나

창밖은 물찌똥처럼 눈이 내리는데

주먹은 날리지도 않고
내 똥창보다 구린
1인분의 불행과
1인분의 모멸감을 씹는
네 어금니를 보았다

습관처럼 탁자에 앉아
제 제사에 음복하듯
점점 거세지는 눈발, 눈발, 눈발

국경에 대하여

전기톱 진저리치는 소리
새들의 도망은 어디쯤일까요
빗소리 할퀴며 길고양이들 국경을 넘고요
끓는 게 밥물인지 눈물인지
설익은 이국異國의 양식
톱밥 먹은 사내의 목소리 유곽 담장을 넘으면
목공소의 밤이 달뜨기도 하련만
화려한 문양 대신
지친 화음을 새겨 넣었을까요
빠져나올 수 없는 음영을 깊게 팠나요
반품된 식탁이 매를 법니다
나무의 뼈들 떠나온 숲을 기억하느라
온종일 창문은 덜컹거리구요
상한 별은 어떻게 수리해야 하는지
갈수록 거세지는 빗발이 휘몰아치면
튜닝한 달의 이름도 기억나지 않아요
수화기 저편 애인의 모국어는
술 떨어진 밤길처럼 위태롭고요
푹 꺼진 울음 구덩이
직진을 가둬버리는 사각 모서리지만
오늘밤 꿈꿀 수 있겠죠 애인의 시간

속으로 나란히 눕는 꿈

화암사

화암사 가는 길은 구두 뒤축만큼 움푹하다
묵언수행 중인가, 침묵만 우려내는 화암사
너무 환해서 숨통이 조여 온다

날갯죽지 부러진 새의 무덤을 보았을까
견공이 밥그릇을 핥을 때
독경 몇 구절 담 너머 사라진다

생은 포개지도 떼 내지도 못하는 애인처럼 거추장스럽다

일몰 직전 불그스레한 마음이 마당귀를 적시고
허공에 비명을 심어 놓고 비로소 결박을 푸는 절간
불경은 난해한 스피치를 울리기 시작한다

타라

캘커타 인디아 박물관에 여자 부처가 산다
누천년의 바람에 검은 숲이 흔들리듯 그녀, 마스카라 속눈
썹이
녹슨 침묵을 깨며 뒤척일 때가 있다
태생의 지문을 찍듯 가슴에 손바닥을 대 본다
심장과 겹칠 듯 굽이치는 격랑, 짙은 연향蓮香에 들썩
반질거리는 청동의 살갗에 언뜻 비친 내가 휘청거리고
타라가 떨어뜨린 안광, 수만 볼트 전류가 흐른다
붉은 빛깔 설렘이, 통증의 몸살이 순례를 재촉한 건 아닌지
해독되지 않는 불가해한 기억들이 부처의 치맛자락에 새
겨 있다
당신의 교신음 옆구리쯤 흘러왔는지
가슴 속까지 파고들어 사지가 고요히 풀린다
캘커타 밤공기는 깃털을 달고 내 몸에 뿌리를 내린다

당나귀 카페

1

몽골 여행 중에 당나귀 떼와 마주친 적 있다 당나귀는 티
벳의 능골을 먹어치우고 있었다 사막의 흉부와 초원의 경계
에서 선인장 목덜미에 송곳니 박고 굵은 소금 발등에 떨어뜨
리며

2

이곳을 지날 때마다 당나귀 소리에 귀를 쫑긋 세운다 선탠
지가 뜯겨 나간 입간판에는 당나귀가 그려져 있고 삐걱대는
출입문으로 히잉, 늙수그레한 울음의 잔뿌리가 뻗어 나온다
시리아 검은 내륙 어디에서 큰 짐을 부리고 돌아와 목을 축
이는 것인지도 모른다 허나 이것은 어디까지나 가설이다 나
는 카페의 문이 다시 열리기를 기다린다

3

인력시장 안에는 털이 성한 놈이 하나도 없다 어둠이 털갈
이를 하는 새벽, 신부가 줄행랑쳤다는 소식은 변덕스러운 날
씨 탓이다 불법이라는 말을 입에 달고 사는 작업반장에겐 음
습한 비유가 섞여 있다 죽은 닭들을 매장하는 일과 붉은 쇳
물을 끓이는 일로 카페가 연명을 꿈꾸는 건 어려운 일 탁탁,
설익은 장작이 피워 올린 연기에 당나귀들의 눈이 벌겋다

4

건물이 헐리자 당나귀들은 사막으로 떠났다

유 씨 제각

아파트와 숲 사이 제각祭閣 마당에 유치원생들 소풍 온다
거미가 생사 경계의 암호를 푸느라 바쁘고 팔자주름 깊어진
서까래엔 곰팡이만 풍년이다 어깨뼈를 다쳐 비명을 지르던
바람도 기왓장을 들썩이다 마당귀에 내려앉는다 귀신들의
입장에 제각은 싱싱해지고 아이들의 노랫소리는 갓 부화한
병아리 같다 향불이 타오르자 맹렬히 흘러나오는 영靈, 유 씨
제각은 삶과 죽음 모두에게 개방한다

서가에 꽂힌 오래된 책

벌레의 안부가 궁금하군요 불우한 내력, 늘 그러듯 퇴짜 맞는 기분은 부음 같아요 저울에 달아 몇 킬로그램의 눈금으로 읽히니 방안은 커다란 수거함입니다 낮은 천정과 전투적이지 못해서 미안한 표정, 담뱃가루처럼 누렇구요 책벌레는 무사한가요? 유서의 감정은 응달을 좋아합니다 혹한이 몰아치고 폐지는 똥값입니다 밀서는 도착하지 않았습니다 꿈인 듯 생시인 듯 볕이 들면 아랫도리를 벗어젖힌 창과 연애나 할까! 야옹, 고양이가 노동자처럼 밥그릇을 핥을 때 꼭꼭 눌러 세로쓰기 합니다

　—1945년생 직업 구함, 무슨 일이든 할 수 있음

2부
희미한 얼굴들

비 소식

치매를 앓는 아버지가
늙은 아들에게 뺨 부비는 소리 같은
빗소리
감꽃이 속수무책 떨어진 것도 그 즈음이었다

되찾은 문패

옛집으로부터 전갈이 왔다
꿰맨 수술 자국 같은
마을과 숲 사이 고압선이 지나고
맘 놓고 웃어본 적 없는 표정
꼭 다문 입술을 눌러 찍은
손수건 같은 구름이
하늘에 걸려 있었다
늙은 호박이 담벼락에 기대어
아버지 목소리를 흉내 내고
직박구리와 벌레들이 새끼 치던 지붕
잡풀들이 머리 풀고
깨진 기왓장 빗금을 삼켜
생계를 잇고 있었다
기억 앞에 붙잡혀 온 가물가물한 얼굴들
열댓 살의 명치끝을 조준했던
첫사랑 사금파리가
바람벽을 콕콕 후벼 파는 얼룩이 되었다

그랬더라면

알약 먹고 시든 풀처럼 눈 감은 엄마, 입을 달싹이신다
아직 따뜻한 손, 손님처럼 되돌아가려는 맥박
엄마가 여자의 일생을 부를 때의 그 표정
부뚜막에서 철쭉꽃 피고 쌀독에서 아카시아 꽃 가득했지
슬픔 따위 하나 없는 여자의 일생
올케들은 못 알아먹는, 흥얼흥얼 나만 받아 적는 가사
면회 온 엄마가 신던 뾰족 구두
연분홍 원피스에 아빠 속절없이 휘청거렸지
할머니께 시집살이도 안 했을 거야
두 살배기 부둥키고 읽던, 군인 간 아빠 편지 서럽지 않았
을 거야
고요히 잦아드는 엄마의 숨소리
한 알 더 먹으면 안 아플 거야 이제 우리 엄마
붉어오는 서쪽 어느 갈피에 서러운, 당신의 노랫말 적으실까

여자의 일생은 끝나고, 뜯지 않은 약통만 남아 있다

검은 귤

쪼글쪼글 말라가는 귤이 나를 본다
줄어든 부피, 표정을 되돌리려고 애쓴다
각오하듯 시간은 쏟아지고
당신의 목소리는 첫 문장을 뱉지 못 한다
문병객들의 중구난방과 슬픔마저 살균해버리는 포르말린
귤은 점점 질감으로부터 해방을 원한다
병실은 울부짖는 형제들처럼 온도 조절이 안 되고
단맛을 향한 집념도 생식기처럼 쪼그라들었다

호흡기와 링거 주렁주렁 매단 아버지
쥐어짜면 한 방울의 과즙도 나올 것 같지 않아
척후병도 패잔병도 될 수 없는 막막한 전장
온기와 포옹,
울부짖음에도 퇴로를 확보할 수 없는

기어이 몸을 잃은 귤을 본다
배회하는 감정들 몸 밖에 있지 않고
애간장을 녹이고 달인 누런 담즙만 비닐 팩에 가득

비로소 슬픔을 망각한 귤
검은 흙이 되었다

생선 시장에서

막내딸 사주팔자에 천복이 세 개나 있다는 관상쟁이 말에
엄마 몸빼바지 물방울무늬가 파랑파랑 공중으로 뛰어 올랐
지 그날은 앞서 걸어가는 엄마 궁둥이가 탱탱하게 굵은 사과
처럼 보였다니까 생선장수 아줌마가 꽃 핀 엄마더러 시집 또
가도 되겠다 능쳐도 한 성깔 우리 엄마 웬일인지 그 여편네
멱살도 잡지 않았지 가재미국 좋아하는 막내딸 먹이려고 가
재미를 이리저리 뒤집어보더니 눈 찢어진 가재미 보고 아따
그놈 바다 한량 같네, 덕담도 잊지 않고 한 푼 깎지도 않고
결국 제일 물 좋은 놈으로 장바구니에 터억 담았지

그때가 언제였더라, 내 젖무덤이 겨우 과꽃만 해질 때였으
리라

꼭 그만큼 자란 딸아이 데리고 생선 가게 앞을 지나가다 보
았네 좌판 위 가재미를 요모조모 뒤집어보고 있는 여자 하나
를 그러자 저녁 하늘이 덩달아 울컥거리더니 눈이 내리기 시
작했네 내 뒤를 딸랑거리며 따라오는 아이처럼 눈송이가 눈
송이를 따라 내리고, 눈발 속에 가재미국 끓는 냄새가 났네

북어

살점이 뭉텅 빠진 들쑥날쑥한 몸 하나 허공에 걸려 있다

쾽한 눈알을 바람이 핥고 지나가자 파르르 눈가의 잔주름
이 흔들린다 헤쳐가야 할 길을 또렷이 바라볼수록 굳은살처
럼 딱딱한 몸은 야위어 간다 그해 누군가 억센 손으로 그의
내장을 파내고 그 속에 단단한 뼈대를 세웠다 그의 몸 바깥
에서 느닷없이 아카시아 꽃이 펑펑 지고, 군화 자국이 지나
간 자리마다 비늘같이 꽃잎이 소복하게 쌓였다 바람 불어 허
공이 저 혼자 우는 밤, 그는 도시를 빠져나가지 못하고 뻣뻣
해졌다

스물다섯 해, 맷집 하나로 허공에 대롱대롱 매달려 사는
북어가 있다 상한 지느러미 곧추세워 풍향계처럼 헤엄치려
하는데 아무도 그에게 길을 가르쳐주지 않는다
우리 큰오빠……
떠나야 한다, 떠나야 한다 입술을 달싹이는데 내 귀에는
아무 소리도 들리지 않는다

당신의 보길도

바다로 나갈 배가 없다
못이 헐거워진 자리에 붉은 녹의 기미가 삐걱거린다
갈매기 끼룩거리며 유배의 시간을 몰고 온다
당신은 윤선도가 귀양 온 이유를 모르고
귀향도 모른다, 몸에 목선의 비늘이
옮겨 붙어 비린내가 날 때까지 용접하는 당신
핏기 없는 얼굴로 푸른 셔츠를 벗듯
달력에 새긴 바다의 낱장을 찢는다
쪽쪽 핥아먹다 도로 버려진
물살에 깎인 바다고둥 가만히 쥐어본다
일몰의 절벽 쪽 해초 이파리 몇
적소의 땅 해남으로 돌아가고
기억이 뒷걸음치는 도마 위에서
비린내 나는 물고기가 토막 난다
물고기들 떼죽음이 일었다가 지나간 일이 있었다
늙은 해녀들 가쁜 숨을 몰아쉬며
깊은 물질로 휘청거리다 나왔지만
내장 상한 물고기들만 거품을 뿜어내고 있다
누가 불온한 자의 허벅지 살을 저며
저 바구니에 담아 놓았나
해당화 그늘 밑 비린내가 끈적거린다

스물한 살

난독의 계절이 때론 읽히기도 했다
아무리 눌러 짜도 화농성 여드름은 없어지지 않았다
골목은 습관성 불안으로 입구가 헐어 있었고
자물쇠를 채우고 싶은 비밀 따위만 싱싱했다
겹벚꽃 앓는 소리 골목 어귀에 떨어져 내리면
나타나기만 해 봐, 심술처럼 뱉어 놓은 탄식이 휴지처럼
구겨졌다
갈겨 놓은 새의 배설물로 치마가 더럽혀졌다
작정하고 달려드는 향기가 내 몸속에서 나오는지도 모르고
빨리 익느라 계절이 쓸쓸했다

닭

삼례 시장 모퉁이에
꼬꼬닭집이 있다 오종종한 닭집 여자는
손마디가 굵고 불그죽죽한
닭털 빛깔로 머리를 온통 물들였다
그녀는 나무 도마 위에 칼을 꽂아 놓고 팔짱을 낀 채 앉아
있다
철망 속 닭들은 층층이 포개진 채
오후의 햇볕을 부리로 쪼고 있다
가끔 낯선 사람이 닭장 가까이 얼씬거리면
맨드라미 같은 붉은 벼슬이 파르르 떨리기도 한다
그들의 두 눈알을 채우고 있는 것은 울분도
하소연도 아니다 글썽일 줄 모르는
빛을 잃은 작은 동그라미다
어떤 놈은 눈을 껌뻑거리다가 고개를 제 날갯죽지에 묻고
닭집 여자가 자리에서 일어나기 전에는
비명을 지를 일도 없다 켜켜이 쌓인 닭똥 속에
두 발을 고집스럽게 파묻고 닭들은
푸석푸석한 깃털을 쇠창살에 자꾸 비벼 본다

1987년 신촌

들국화*와 애인을 동시에 사랑했지
비밀한 양다리 전략은 서울 변방을 기웃거릴 내 귀중한 양식

아현동 굴레방다리 사랑을 씹다 버린 콘돔이 널브러져 있고
사람들 울컥울컥 토해내는 아현역 노란 멍울 프리지아 꽃집

새벽녘 매연가스는 헛배앓이에 특효약이었다 궁핍은 이주
민과 샴쌍둥이

내 손아귀는 애인을 잃고 애인에게 도망치고 신촌 가파른
뒷골목,
그 붉은 립스틱 언니들 홍등 속으로 애인을 빼앗아 갔네

마포 공덕 쪽이든 신촌 방향이든 가야 하는데 토껴야 하는데
설익은 내 청춘은 최루催淚를 흘릴 뿐
애인은 입술 포갠 뒤 화염병 같은 케이크에 초를 꽂았지

행— 진—

---
*전인권이 이끄는 헤비메탈 그룹

행— 진—

갈기를 늘어뜨리고 들국화는 절정을 향해 포효하는데 나는

뒷걸음치고 뒤통수는 주먹만큼 작아지고 신촌 로터리 옆
구리에선

누런 들국화가 펑펑 지고 있었다

뼈

남동생 친구 용식이가 있었다
엄마 잃고 이복형 형수 밑에서 컸다
조카 젖 빼앗아 먹느라 새카맣게 말랐다

공짜 건빵 얻어먹으러 들어 간 유도부
공격법은 배우지 못하고 업어치기 당하는 기술만 익혔다
유도부 선생 밭일 하다 허기에 한판 당해서
고구마를 훔쳐 먹었는데 선생 발길질에 갈비뼈가 나갔다

처음엔 엉금엉금 나중엔 기어서 학교를 오갔지만
눈칫밥 질리기라도 했을까 곡기 끊고 응달처럼 누웠다
뼈에서 구더기가 기어 나오고
처음엔 살려달라고, 아프니 죽여 달라고

비명이 창문에 쇠파리처럼 달라붙었다
고무줄놀이도 못 하고 뒷산 꽃들도 숨죽여 폈다
밥 하다 말고 부뚜막에서 우리 엄마 쯔쯔쯔 한숨 소리
벽에 주먹을 짓이긴 동생의 울음소리

뻐꾹— 뻐꾹—

뼈라는 말은 세상에서 가장 아픈 말

맨드라미 네일 아트

　서른여덟, 남편과 사별했다는 여자가 묵은 손톱을 자르고 있다 볼품없는 안쪽을 손질하고 에나멜을 덧칠하는 솜씨가 수준급이다 멀쩡하던 여자가 심장을 꺼내 놓고 진저리치는 밤들이 있다 남자들은 여자의 변덕을 피해 달아나고 창에는 수군거림이 삐쭉빼쭉 걸렸다 여자의 속눈썹은 점점 길어지고 붉게 더 붉게 소문은 요염해진다 현관을 거칠게 흔드는 소리에 맨드라미 까만 씨앗이 후두둑 떨어진다 찜통더위로 입간판이 녹아내리고 저 여자의 왕국도 바스락바스락 갈라지고 있다

별 다방

목조 계단은 삐걱거리네 치어 떼처럼 몰려왔다 간 추억의
산란지 망설이는 입술 속 감정처럼 기차는 잔기침하며 떠나
갔네 턴테이블 바늘은 오후를 긁어 생채기를 내고 싶어 하였
네 비지스도 락웰도 지직거리면 노을이 바다를 물들였네 간
간한 해풍이 유리창을 두드렸네 무섭고도 아름다운 폭우가
지나가는 날도 있었네 꼬깃꼬깃한 편지는 내어놓지도 못 하
였네

연착한 기차를 기다리며 그 여자는 몰라보게 늙어 있었네

쌍화차

핏줄로 얽힌 사이라도 간격을 둬야할 때
글썽글썽해지는 마음 들키기 싫어
쓰다 달다 말 대신 쌍화차 한 잔 내놓는다
탄식도 익히면 달큼한 맛이 우러나는지
당귀와 감초 천궁과 계피 뭉근히 달이고
밤이랑 잣 대추 한소끔 넣고
생각 몇 채쯤 끓어 넘쳐 방울방울 튄다

쌍화차가 끓는 동안
전화선이 뽑혀 있나 연락 없는 아버지의 저쪽
어린애처럼 코 흘리며 맛나게 자시던
이맘때의 겨울이 끓는다
서쪽 하늘이 흐려지는지 찻물이 검다

섬

    아버지랑 단둘이 살던 중학교 관사, 에워싼 등나무넝쿨은 검은 짐승 같았다 수돗가엔 열댓 살 야물지 못한 분꽃이 피다 말다 했다 촌놈들 호기심 달아올라 견디다 못한 돌멩이들로 유리창이 깨졌고 그 소리 구렁이처럼 등나무를 타고 올랐다 관사에 갇힌 시간들 혓바늘 돋고 고열에 시달렸다 아버지가 내는 시험 문제 곁눈질도 안 하고 종말론만 읽었다 장티푸스를 앓아 분꽃 이파리 툭툭 떨어졌다 뼛속까지 혼자인 시절, 두려움을 베낀 공포 소설 구절들이 유령처럼 떠다녔다

3부
말의 기척

11월

붉은 단맛이 익고 산책길은 식물도감 페이지들처럼 낡았다

낯빛을 잃어가는 사람들 수취불명 엽서를 들고 우수수 바람에 몰린다

저체온의 부서진 입술은 직박구리 주둥이에서 흘러내리는 허기를 부지런히 받아 적고

가죽나무 그루터기에 쭈그려 앉은 사내는 기우는 해의 발목을 말아 피우고 있다

천변 산책

.

오래된 붓을 보았다
족제비도 산토끼도 아닌 물가 움막에 사는
갈대의 머리털로 만든 거였다

물이랑 사이 난독의 문장이 올라오곤 했다
년도가 불분명한 묵은 서체였다
오랜 기억 속 필담을 나눈 적도 있는 듯했다

목책 바깥 시큰둥하니 내가 있는 쪽으로
긴 모가지를 뻗어 조탁의 언어들 넘실댔다
바람이 책장을 넘기며 빠르게 읽어 갔다

먹이 마르기 전 필법을 훔쳐야겠다고 마음먹었다

도서관

맷돼지를 씹어 삼키는 강한 아래턱이라야 활자의 맛을 볼
수 있다 글자 하나를 이해하는데 수천 그루의 잎맥을 독해하
듯 송곳니 박고 말의 뿌리를 흡혈하고 있다

맹목의 소용돌이
과녁이 빗나간 신념

늙어가는 비유들이 어슬렁거리는 시간을 지나면 입 안 가
득 활자의 새 잎이 돋아날 터이다

짧다의 조건

길어지기 전 꼬리를 자르고 주둥이를 묶는다
비약을 다스리지 못할 땐 배꼽이 간지럽다
배꼽을 얼려 아이스케이크처럼 베어 먹으면
배꼽의 촉감이 되살아나 한 움큼씩 자란다
생쌀을 씹어 삼킨 목젖도 자라고 잘라버린 귀도 자라고
검은 목탄화 같은 맨홀 뚜껑도 자란다
짧다는 원생동물처럼 몸과 영혼이 하나인 습을 지녔다
문어발식 코드 난만한 수사는 상종을 안 한다
쉼표 없는 긴 문장은 기둥이 잘린 처마
발 없는 발소리
허나 도시의 마천루들 쑥쑥 자란다
아스팔트도 자라고 무질서의 능선도 자라고
욕망도 커지고 법정 다툼도 길어지고
아, 외로움도 길어진다
길어진 것들이 구겨진 시험지처럼 나뒹굴 때
OMR 카드 오답들 새카맣게 떨어진다
어떤 것을 버려야 할까 설왕설래 갈팡질팡
지느러미도 잘리고 대가리도 잘린 풋풋한 절망
끝, 끝에 닿기 전 넥타이를 끊어내 짧은 시를 쓴다
시에서 숲 냄새가 난다
쪼그라든 폐를 벌려 숲 냄새를 맡는다

숲이 쓴 시들이 드문드문 땅에 박혀 있다
시집을 펴자

식은 커피

　커피 한 잔을 놓고 오랫동안 앉아 있다 어둑해진 시간을 볶아 넣고 풍경의 단조로움 녹아든 커피는 쓸쓸하다 폭설이 내리고 비바람이 무섭게 창을 때릴 때 혹은 라일락 향이 문틈으로 뻗어 와 가슴팍에 사무치는 날, 에로티즘에 전 나는 폭풍 같은 사랑을 하고 시를 낳는다 내 언어는 무녀리 같은 새끼를 낳고 미역국 대신 떫고 쓴 커피를 마신다 어쩌면 언어의 자궁 속 망설임의 조건과 불안의 꼬리를 자르는지도 흘깃흘깃 눈초리 울창해지는 가운데 문장들은 태어나고 죽을 운명처럼 몇 개 울음은 탯줄을 끊기 전 소거되기도 아까부터 커피는 식어 있고 로스터 안쪽 볶아지길 기대하는 생두처럼 입적을 기다리는 몇 점의 혈血, 홀랑한 제 어미의 젖을 맹렬하게 빤다

못 박는다는 말은

머리를 짓찧지 않아도 제 안을 까맣게 비워낼 수 있다면
좋겠다

못 박는다는 말은 벽 전체의 균열이 온몸으로 전달된다는 말
실연의 날들이 얼굴을 짓찧고 시간의 벽을 뚫고 되돌아와
내 심장을 겨눈다는 말
딱딱한 환부 구부정한 등에 쏟아지던 가로등의 질감이 당
혹스러웠다는 말
박으면 박을수록 부대끼면서 살점이 으깨진다는 말
박는 자와 박히는 자가 한 몸 되어 서럽게 운다는 말
낯익은 얼굴들과 밀도 높은 농담들이 날것으로 만난다는 말
생채기가 통증의 담화를 만난다는 말
금 간 콘크리트 벽 속 신음 소리가 멍울처럼 만져진다는 말
가슴에 박힌 첫사랑이 뭇별들을 앗아갔다는 말

잊지 마, 귓불에 대고 당신이 못을 박는다
녹슬지 않는 당신의 혀가 내 몸을 칭칭 감는다

변주

언어는 변신을 잘 부리는 동굴
동굴 속 메타포의 습도와 질량은 표절이 가능합니다
호랑이는 실패한 문장이라고 해두죠

곰은 자의식이 없는가?
의심으로 환해지는 동굴
마늘과 쑥을 목구멍에 욱여넣을 때 흔들리는 귀

동굴을 변용한들 변신술은 곰의 영역
박쥐의 현란한 비행 윤색의 기술
가십거리가 신화가 되었습니다
선악의 잠복기도 끝나고 웅녀가 되었죠

이 순간만을 위해 애간장이 녹았습니다 허나
한 방울의 구정물도 열리지 않는
원관념만이 그득한 돌을 낳고 싶은 거죠
네 소유 작황이 좋긴 하구나?

칼금 같은 회초리 한 다발 종아리에 심고
피 뚝뚝 흘리며 갑니다

푸르스름한 비명

　새벽 어스름을 끼고 이불 홑청처럼 바스락거리는 당신을 본다 흰 소가 울면 베갯잇에 머리카락 몇 올 남길 때까지 새벽은 스파이처럼 창틈에 새어 들고 창은 짓이겨진 버찌 같다 눈앞이 환해졌다 어둑해졌다 다시 환해지고 당신의 입 속으로 잉크가 엎질러지듯 푸르스름한 비명이 흘러나온다 마당엔 달이 쏟아낸 토사물로 가득하다 당신과 나는 한 방울도 남김없이 외로움을 캐내고 있다 오늘도 달이 이지러진다

사거리

이명 약을 갉아먹던 귓속 쥐들이 쏟아져 자동차 굉음과 한통속이 될 때

점멸등이 속내를 감추며 오락가락 악어 눈깔처럼 번득일 때

계율에 따라 차들이 나란히 무릎 꿇을 때

횡단하는 사람들 눈빛 죄다 불안한 문장으로 읽힐 때

피투성이 육견들이 철망을 끊고 달아나 꼬챙이에 걸려 있을 때

사이렌이 맹렬하게 핏자국처럼 뿌려질 때

흰 구름이 와서 언니의 블라우스처럼 걸릴 때

고름처럼 흘러내리는 전신주 불빛 점점이 노래질 때

비밀번호를 잃은 집주인이 현관을 붙들고 애걸복걸할 때

나도 인간사를 모조리 반납하고 싶을 때

회전문

빌딩을 떠받치는 것이
질병의 숙주라는 소문이 떠돈다

입장할 때 폐쇄공포증 앓다가
튕겨 나올 때 사회부적응자의 명찰을 달고 있다

콘크리트 사막을 걷는다
사막엔 좌우로 열리는 문이 없다

무화과 그늘

7월의 해안을 바라보며 무화과 한 그루
영글지 않은 모가지를 뚝 따면 아! 하고 소리를 냈다
그 소리는 바람에 스미고 파도에 떠밀려 돌아오지 않았다
부러진 모가지에서 하얀 피가 끈적거렸다
쌀뜨물 같고 엄마젖 같고 알 수 없는 설렘 같은 피
바다가 붉은 꽃물을 물들이는 동안
쉽게 찢어지는 가지를 사이에 두고
푸른 남국이 설레며 다녀가곤 했다
골목은 자주 술에 취한 아버지들을 쓰러뜨리고
슬픔을 들키기 싫은 사춘기의 저녁이 몰래 익었다
헛바늘 돋던 여름이 무화과나무 그늘 밑으로
꽃말 하나 남기지 않고 사라졌다

아침이면 회항에 길들여진 뱃바닥에서 끈적한 진물이 배
어 나왔다
밤이 쓰개치마를 두를 때 목울음 소리가 더욱 영글었다

귤 하나

저녁 파장 어스름
시장통에서 나하고 눈이 마주친
귤 하나

주머니에 담고 오는 길
내 손에 쥐어지는
몸 하나의 생김
몸 하나의 떨림

이 귤 하나의
몸속에
우물물이 찰랑거릴 거라는
생각

나도 뺨에 작은 우물이 생기는
계집애 하나
낳고 싶다는
생각

철쭉

열 몇 살 가시나
설거지하다 멍하니 있는 날이 많았다
어린것이 횟병 앓는 것이냐며
시퍼런 회초리가 허공에서 왱왱대며
종아리를 물어뜯었다
세월이 등뼈에 붙은 살처럼
옹색하게 왔다 갔지만
매 자국은 좀처럼 없어지지 않았다
봄이 오면 꽃들은 혓바늘 돋고 몸살을 한다
빨간 머큐롬을 덧칠한 철쭉이
엇나간 인연처럼
무더기무더기 피어 있다

낙화

사랑은 애초에 짓이겨질 소식이었다고 벚꽃이 흩날리는 밤
꽃잎 가장자리 눈물에 지워진 추신을 해독하는 중이다

4부
문 바깥의 소식

가을을 통과하는 법

경비 아저씨가 화단의 등을 긁고 있다
잠자리 날갯짓 같고
오래된 바게트 같은 나뭇잎들
갈퀴에 긁힐 때마다 꽃잎처럼 톡톡 터진다

가려워 미치겠어요
손이 안 닿아요
박박 긁어주세요 제발!
108호 목소리가 베란다에 뛰쳐나와 있고

긁어모은 나뭇잎들을 태운다
울긋불긋 치명의 흔적들
태울수록 향기가 고와지고
쪼그라든 살갗들 환하게 펴진다

점집 골목

낮게 이마를 맞댄 처마들 사이로 점집의 낡은 깃발이 나부낀다 구청 직원이 계측기에 벽들의 적막을 담고 청진기가 발췌한 심장 소리에 빨랫줄이 뚝뚝 끊어진다 붉은 현수막이 걸리자 관절이 닳은 평상 위에서 무당들은 공포 대신 몸엣니를 털어 꼭꼭 찍어 누른다

귤껍질 같은 얼굴로 해가 뜨더니 여러 날 궂은비가 찾아왔다 전신줄 위 솎아낸 울음들이 주문이라도 거는지 웅얼거린다 포클레인이 함석지붕을 찍어 누르면 수습하지 못한 옆구리들이 쇳물과 함께 쏟아져 나온다 말소리인 듯 귀퉁이가 닳은 세간의 덜컹거리는 소리가 붉은 우편함에 담긴다 쇳물 받아먹은 맨드라미가 주문 걸린 듯 꽃술마다 검붉다

논노패션

　매연이 보풀처럼 엉켜 잘 끊어지지 않는 골목, 논노패션 여자는 동대문에서 묻혀 온 졸린 눈꺼풀들 탈탈 털어 건다 피곤도 액세서리처럼 주저리주저리 걸린다

　정희네 실밥 터진 옆구리 수십 번을 누볐고 적금통장이 털린 박 양은 잘못 물린 지퍼에 살갗을 뜯겼다 윤희 할머니는 쌀 두 가마에 황톳길 너머로 시집을 왔고 진안 댁은 흉년을 견디다 못한 오라비 손에 이끌려 재취가 됐다는, 박리지만 환불이 안 되는 논노패션 골목

　너무 늦게 생生의 안감을 뜯어내는, 논노패션 여자들은 유행을 쫓아가지 못 한다 저녁이 멍투성이처럼 흘러내리는 골목 정희네 환불이라도 받아낼 요량인지 이를 악물고 집을 나온다 개도 달도 따라붙지 않는 한밤중이다

카페 탐 앤 탐스

    무한 반복 트랙의 음악을 견뎌야 내벽에 습기가 유지된다 식물들 골몰하다 보면 잎맥이 부풀겠고 키보드 위 정어리 떼처럼 밀려오는, 폐부 깊숙이 쏟아지는 검정 잉크 맛 스모킹 부스 담배 연기로 구름을 소유하기엔 상상력의 역부족 슬픔마저 닳아 없애는 담배 모가지

    유통 과정을 생략해야 수지맞는 법, (맞선 커플이 생경한 눈빛을 교환하는 것은 콘크리트 바닥에 뿌리내리기 위함이다) 햇볕의 당도가 익을 수 없는 이곳, 바깥 온도의 틈입을 불허하는 창문은 불행과는 무관하다 바깥세상이 기억나지 않는 듯이 그러나 내 것이 될 수 없는 비극의 공유지 탐貪 앤 탐貪

대낮 풍경

e아파트 들뜬 벽지 뒷면은 적막의 서식지
전화기 위 먼지는 언술이 끊긴 이전을 기록 중이다

집안 풍경의 비밀이란 외로움을 발설하지 않는 것
접시의 꽃무늬는 시들어가고
찻잔이 턱을 치켜세워도 한 방울의 찻물을 담아 내지 못하는
하루 종일 열리지도 않는 방문만 이를 악물고 있다

뱃가죽 늘어난 벽시계는
녹슨 관절로 외로움을 타종하지만
견디고 있다는 사실은 베란다의 식물처럼
잎맥이 변색됐을 때 눈치 채는 것

배달을 묻는 세탁소 전화벨 소리
후다닥 달려들어 귀를 쫑긋거리면
풍경이 제법 생기가 돌기 시작한다

러닝머신

여자는 열애 중이었다
거친 호흡과 마찰음은 그가 지닌 유혹의 기술
근육질이어서 아무리 밟아도 끄떡없다
KO패 직전의 권투선수처럼 이를 악무는 여자는

이탈의 자유가 없었으나
발길질에도 척척 들어맞는 아귀가 두려웠다
365일 레이스를 이탈하지 못 하던 저 여자
처음엔 몇 그램의 살을 허락하려다가
오늘은 통째로 잡아먹혔다
새벽부터 여자는 무서운 속도로 달리기 시작했고
악, 소리와 함께 비명이 낭자했다

폴리스라인이 쳐지고
비닐 팩에 담겨 여자가 들려나가자
죽음의 배후를 캐기 위해 여자는 해체됐지만
두터워진 허벅지의 비밀은 풀지 못 했다
죽어서야 남편에게 풀려날 수 있었던 404호 여자는

그와의 열애가 행복했다던 그 여자는

복사기

잉크도 숙성되는 걸까
밤의 점막들이 푸르스름해진다
묶음의 대화 속
어절 단위의 폭력이 난무하는 가운데
쇳내가 나기 시작했다

한두 번 종이가 걸리더니
핏빛 잉크가 엎질러지는 심각한 장면은 출력되지 않았다
몇 날 밤 뒤척이며 복기해낸 감정들만 휘리릭 날아가고
철커덕 복사기 헛바퀴 도는 소리,
마모를 견디며 레일을 이탈하지 않으려는
바퀴의 몸부림

원본은 냉장고 속에서 떨고
복사본은 습관처럼 어두컴컴한 내 가슴속에 웅크리고 있
다가
레이저 칼에 찔리고 구워져도

울지 마라
출력 안 된 오늘이 너무 예뻐서 세모歲暮가 왔다

회화

귀를 자르고 고흐는 노란색 벙커 안에서 잠을 잤다
쿵쿵 심장 소리 문턱을 넘지 못하고
액자 속에 갇혀 해바라기는 시들고
푸르스름한 알약 같은 별이 병원 창살에 걸렸다

절규라고 그랬나, 해골바가지 같다고?
내구성 좋은 불행은 쉬 깨지지 않는다
핏빛 화염 속 비명처럼 혼자 서 있는 뭉크
아픈 아이는 지금도 아프고 우울한 남자는 침대에 묶여 있다

행복하자
행복하자

하수구에서 비닐봉투를 찢으며 고양이가 운다
찜질방도 공장도 쉬지 않고 돈다
정화조에서 뽑아낸 절망은 얼마든지 재생 가능

미세먼지 주의 발령, 한 치 앞도 볼 수 없는
컴컴한 회화繪畵 속으로 마스크들 출근한다
숨결도 따뜻한 언어도 일그러진 표정도 없이

오늘은 우리가 울자
무리에서 벗어난 흰수염고래 석탄 벨트에 끼어 죽은 날
21세기 최고의 극사실화 한 점 걸렸다
전광판 뉴스 한 줄로 파닥파닥

오브제에 관하여

전시된 죽음을 구경하는 시간
흰빛과 검은빛이 회랑 곳곳에 불안한 음계로 떠돌고 있다
두려움과 호기심은 LED 조명에 더욱 반짝거리고
해골의 관골과 하악골에서 치욕이 말끔히 지워져 있다
단단하고 대리석처럼 매끈한 빛을 투망으로 건져도 좋겠다
저게 진짜 죽음이라면

어둠과 빛 사이 간격의 터무니없는 찰나,
방금 전까지 밥그릇을 포개고 지갑을 열어 남루를 부끄러
워하던
생生의 길목은 해장국집 뼈다귀만큼 사연이 많은데
죽음은 미니멀하기만 하다
야생성을 잃은 송곳니와 듬성듬성 뚫린 구멍 속
독화살의 흔적과 비명 하나쯤 갇혀 있을
족쇄를 끊고 생으로부터 도망쳐 온 표식이 없다

해골부터 갈빗대 발가락까지
화구 속에 밀어 넣고 활활 태우는 시간
피와 살 실오라기 하나 걸치지 않고 죽음은 오롯이 죽는다
유약을 덧칠한 죽음의 진열대 위에서 반짝반짝 빛나는
비로소 다다른 게으름의 풍경들

햐! 막힌 숨이 터진다

양철북

통조림 뚜껑을 돌려 딸 때
누군가 이름을 물으면 기. 명. 숙. 하고
또박또박 스타카토로 발음해도
여지없이 김영숙이 되는 거야
인상을 쓰고 두세 번 일러줘도
김영숙으로 읽히거나 김형숙으로 전사돼버려
이름이 제대로 전송되지 않을 때마다
양철 칼날은 내 손가락에
날카로운 이빨 자국을 남기지

호흡을 가다듬고 맨 밑바닥까지 잠수하던 양철북 속을 기억해 간간히 낙오한 꼬리들이 시든 옥수수처럼 부유하던, 내가 머물던 자리는 딸기 시럽 케이크를 잘라먹은 입술들이 선명하게 박혀 있던 엄마의 뱃속이었어 매캐한 포르말린이 대장을 지나 폐 가슴 뇌간까지 흘러 들었어 싸움에 지친 나는 기명숙이 버거워지자 김영숙을 걸쳐

사람들은 하나같이 트랜스젠더처럼 목소리를 숨기며 입만 벌리는 거야
통조림 속 고등어처럼
나는 내 안에서 동그란 기포를 숨 가쁘게 날리고 있어

폭우

폭우는 총을 들고 온다
기세등등한 저 빗줄기
총알들이 게릴라처럼 달려든다
피를 보아야 직성이 풀리는 사냥개가 짖고
총알은 그때 비난처럼 쏟아져야 제격이다
못갖춘마디 같은 삶의 페이지가
경광등에 잡혀 허옇게 떨고 있다
살점을 물어뜯기는 통증보다
별의 모서리가 밤하늘을 꾹꾹 찍어 누르는 게 무섭다
강은 총알이 내려와 박힐 때마다
울컥울컥 황톳물을 토해낸다
세상의 두려움은 모두 강바닥에 있는 것일까
찌그러진 양은 냄비, 두꺼운 구식 생리대
흉터투성이의 날들은 언제 어디서 뒤집힐지 모른다
소름이 돋던 나무도 뿌리 뽑힌 채 떠내려간다
신원을 알 수 없는 여자가 강물에 뛰어들었습니다
검은 정장차림 아나운서가 교회 긴 의자 같은 뉴스를 읽는다
뿔뿔이 달아나는 물방울을 보며
인부들이 서둘러 자살 방지 턱을 쌓는다
며칠째 쏟아지는 폭우로 둑이 무너졌다

개 같은 산책

욕설처럼 눈이 퍼붓는다
개들이 날뛰며 산책을 하는 동안

미끄러지고 질척이면서
공원의 감정은 엉망진창이 된다

꽁꽁 얼어붙은 위트 한 조각씩을
뼈다귀처럼 물고 있는 사람들
개 목줄 힘껏 당겨봐야 손아귀에 잡히는 건
몇 음절의 공포

흰털 사냥개가 싸놓은 검은똥 앞에
얌전한 백곰처럼 웅크리고 있는 사람들
진통제처럼 스미는 순간도 있다
딱딱해진 간과 같은 벤치 위에

갈 데가 묘연한 노숙자들의 오후
산책은 있고 감정은 없다 컹컹

허공을 찢어대며 노숙자를 쫓아내고
생의 찬미 같은 눈이 내린다, 한들

개 같은 산책에
무사히 돌아 왔다, 한들

거꾸로 달리기

어쩌다 앞차 궁둥이를 들이받은 늙은 승용차가
견인차에 매달려 거꾸로 끌려가고 있다
깨진 채 붙어 있는 안개등이 아직은 버틸 만하다고
깜빡거리는데 찌그러진 운전석에 앉은 사내
구겨진 눈길로 창밖을 본다
있었던 길이 멀어져 간다
바람 불어 눈처럼 쏟아지는 벚꽃들
꽃비의 터널 속으로
간다
거꾸로
멀어질수록 가까워지는 정비소 앞에 내려서
담배를 찾는 사내의 손이 무척 떨린다
받아버리기보다는
받히는 게 더 나았을지도 모를 그의 승용차는
생애 마지막 꽃길을 와서
서류 한 장 받아들었다
사내의 눈꺼풀 잠시 경련이 일었다가 멈춘다

새벽

흐느적거리는 아스팔트의 이마를 짚는 빗방울
도시의 하수구로 흘러간다
이른 새벽
흑판에 배차원 사내는 이름을 적고
신발 끈을 단단히 묶는다

택시회사 정문 앞에서 사내는
목련나무의 피가 정맥을 타고 돌다가 떨어지는 것을 본다
거리는 막 욕망으로 부풀어 오르기 시작하고
비로소 코 푼 휴지조각 같은 목련이 후두둑 떨어진다

술집이 몰린 골목에서 태운 여자
아까부터 목련나무 둥치처럼 나뒹굴다가 뒷좌석에서
여자는 꽃잎으로 펑펑 터지며 휘청거린다

금세 차창 밖을 밝히던 네온사인은 기울어가고
빗줄기가 굵어지기 시작하는 비탈진 동네 입구에서
여자는 빗방울이 모여드는 길로 한쪽 발을 들여 놓는다

핸들이 눅눅하다
사내는 빗속으로 동그란 구멍을 내며 달린다

몸 안의 몸, 설렘과 몸살의 이율배반

최금진(시인)

1. '설렘'과 '몸살'이라는 형식

기명숙 시인에게 삶이란 설렘과 몸살의 경험이다. 그리고 '설렘'과 '몸살'의 아이러니는 서로 상반된 이중의 감각으로부터 비롯된다. 이 모순은 기만과 허위와는 달리 오히려 진실을 드러내는 필연적 장치로 기능한다. 복잡한 사태를 포착하고 드러내는 양식으로서의 이율배반은 어쩌면 모든 진실의 양식이기도 할 것이다.

설렘과 몸살 현상은, "몸속에 또 하나의 몸"(「홍합」)이 서로 불화하는 지점에서 발생한다. 나와 타자, 나와 세계가 서로 관계 맺기를 하는 과정에서 희망과 좌절의 양상으로 상호교차하고 있다. 이 이중구속 현상이 끝없이 교차하는 동안, 시인은 이방인, 경계인, 국외자의 모습을 우리에게 보여준다. 그리고 시인은 모순을 넘어 새로운 발견과 인식을 창조적으로 보여줌으로써 자신의 개성을 구축하고 있다.

시집에서 설렘과 몸살의 양상은 크게 여성의 몸을 통해 나타나는 성적인 상상력, 글쓰기의 과정을 통해 나타나는 욕망과 좌절, 현실을 탈주하려는 경계인의 모습으로 드러난다. 그러므로 시인에게 삶이란, 분열된 두 세계와 화해하여 진실과 대면하려는 순례의 여정일 것이며, "붉은 빛깔 설렘이, 통증의 몸살이 순례를 재촉"(「타라」)하는 과정이다.

2. 붉은 몸, 그 욕망과 좌절의 기록

시집에는 '감꽃', '아카시아', '프리지아', '맨드라미', '목련', '과꽃', '겹벚꽃', '분꽃', '철쭉' 등등의 다양한 꽃들이 등장한다. '꽃'이 들어간 시어는 약 삼십여 차례나 등장한다. 그리고 이 모든 꽃들은 '붉은 색'의 이미지로 수렴된다. 시인에게 있어 꽃은 설렘의 은유이며, 꽃의 낙화는 그것의 좌절과 몸살의 통증으로 나타난다.

시인이 차용하는 꽃의 이미지는 가장 먼저 여성의 내면과 성적 리비도로 이해할 수 있다. 이러한 여성성의 기원이 아버지와 함께 사춘기 시절을 살던 '남쪽 마을' 또는 "푸른 남국"에서 얻어온 것임을 짐작하는 데에는 크게 무리가 없다.

시인의 논문 「현실의 시적 형상화」(우석대학교, 2011)에서 "시의 표면에 드러나는 것보다 많은 과거의 서사가 '기억형상합금'의 재질을 가지고 원형을 복원하려는 시도를 하고 있는지도 모른다."라고 밝힌 바 있듯, 시집에 나타난 화자의 서사를 시인의 과거 체험과 동일시하려는 시도는 어쩌면 당연한 일이다.

봄이 오면 꽃들은 혓바늘 돋고 몸살을 한다

빨간 머큐롬을 덧칠한 철쭉이

엇나간 인연처럼

무더기무더기 피어 있다

「철쭉」 부분

이 시에서 화자는 "열 몇 살 가시나"를 회상하며 "엇나간 인연"을 확인하고 "몸살"의 통증을 현재로 소환한다. 과거의 원체험은 추체험과 더불어 작가의 퇴고 작업을 거치면서 각색되고 창조되지만, 그럼에도 불구하고 시에 일관되게 나타나는 어떤 원형적 체험은 시인 고유의 정서와 가치관을 반영한다. 시인의 말처럼 시라는 "기억형상합금" 장치는 언제든 체험의 원형을 복원해 내기 때문이다.

사춘기 무렵의 시인에게 "철쭉"은 "빨간 머큐롬"을 칠하며 봄이 오기를 기다리는 설렘의 대상이다. 그리고 그 설렘의 대상은 "엇나간 인연"의 "몸살"을 동반한다. 설렘과 몸살은 어떤 일의 원인과 결과라기보다는 동시적으로 나타나는 현상이다. 그런 점에서 설렘과 몸살은 '이음동의'처럼 보이지만, 엄밀히 말하면, 설렘은 바깥을 지향하는 욕망이며, 몸살은 그로 얻어진 내적 좌절과 반성의 의미로 사용되고 있다.

여하튼, 사춘기 무렵 경험한 설렘과 몸살의 감각은, 위의 시에서처럼 과거를 빠져나와 현재에까지 이어져 "몸살"의 통증을 불러낸다. 그리고 이 설렘과 통증은 청춘을 지나, 거리와 골목을 지나, 시인의 가족사를 지나, 떠도는 존재에까지 확장되어 나타난다.

들국화와 애인을 동시에 사랑했지

비밀한 양다리 전략은 서울 변방을 기웃거릴 내 귀중한 양식

아현동 굴레방다리 사랑을 씹다 버린 콘돔이 널브러져 있고
사람들 울컥울컥 토해내는 아현역 노란 멍울 프리지아 꽃집

(중략)

내 손아귀는 애인을 잃고 애인에게 도망치고 신촌 가파른 뒷골목,
그 붉은 립스틱 언니들 홍등 속으로 애인을 빼앗아 갔네

(중략)

누런 들국화가 펑펑 지고 있었다

「1987년 신촌」 부분

가령, 이 시에 나타나는 청춘의 비애는 사춘기 소녀의 그리움과는 다르다. 80년대의 암울한 사회와 청춘의 사랑과 꿈이 '들국화'라는 가수의 노랫말 속에서 피었다 지고 있다. 사춘기 화자의 "철쭉"은 청춘의 문화 감수성을 상징하는 "들국화"와 "애인"과의 사랑으로 확장되어 나타난다.

청춘의 꿈과 이상은 "화염병"처럼 격렬하고 뜨거운 것이었지만, 그것은 곧 "홍등" 속으로 꺾이고 사랑의 설렘은 몸살의 통증으로 바뀌었다. "누런 들국화가 펑펑 지고 있었다"는 자조적인 이 진술도 이십대 청춘의 사랑과 열정, 삶을 "기웃거릴 내 귀중한 양식"의 상실이었다는 것을 알 수 있다. 사춘기 소녀가

체험한 몸의 설렘과 통증은 이십대 여성의 몸에선 사회 문화적인 외부로 확장되어 나타나고 있다. 이 상실과 좌절의 청춘은 "향기가 내 몸속에서 나오는지도 모르고/빨리 익느라 계절이 쓸쓸했다"(「스물한 살」)와 같은 반성과 회고의 목소리를 내기도 한다.

> 서른여덟, 남편과 사별했다는 여자가 묵은 손톱을 자르고 있다 볼품없는 안쪽을 손질하고 에나멜을 덧칠하는 솜씨가 수준급이다 멀쩡하던 여자가 심장을 꺼내놓고 진저리치는 밤들이 있다 남자들은 여자의 변덕을 피해 달아나고 창에는 수군거림이 삐쭉빼쭉 걸렸다 여자의 속눈썹은 점점 길어지고 붉게 더 붉게 소문은 요염해진다 현관을 거칠게 흔드는 소리에 맨드라미 까만 씨앗이 후두둑 떨어진다 찜통더위로 입간판이 녹아내리고 저 여자의 왕국도 바스락바스락 갈라지고 있다

「맨드라미 네일아트」 전문

시인의 논문 「현실의 시적 형상화」에서 "감춰지거나 억압된 여성성과 그에서 비롯된 여성의 실존적 고독에 대해서도 지속적으로 관심을 가져왔다. 특히 신비하고 위대한 여성의 힘을 강조하기에 앞서 여성의 고통과 좌절의 본질을 읽어내는 데 주력"하겠노라고 밝힌 바 있다.

이 시의 꽃(맨드라미)과 여성의 몸은 사회비판적인 관점과 여성의 존재론적인 고독을 동시에 포착하고 있다. 시집 전반에 걸쳐 나타난 여성의 몸은 페미니즘 담론에서 제기하는 것과는 다소 결이 다르지만, 위 논문에서 밝혔듯, 이 시는 "남성 중심의 역

사에서 지배계급인 남성에 종속된 채 살아온 여성의 삶"을 보여
주기에 충분하다.

　가령, "심장을 꺼내놓고 진저리치는" 여자의 밤은 "속눈썹은
점점 길어지고 붉게 더 붉게 소문은 요염"해 진다. 손톱에 맨드
라미 꽃모양의 네일아트를 하는 여자의 설렘은 "소문"과 "현관
을 거칠게 흔드는 소리"에 의해 "녹아내리고", "갈라지고" 끝내는
그녀의 "왕국"은 붕괴되고 만다. 여성 개인의 욕망을 남성적 시
각에서 혹은 사회적 시각에서 어떻게 바라보고 있는지, 그리고
그것은 어떻게 한 여자의 욕망을 좌절시키는지를 보여준다.

　시인은 "닭털 빛깔로 머리를 온통 물들"인 "닭집 여자"의 삶을
통해서도, "쇠창살" 안에 들어 있는 닭(「닭」)과 다를 바가 없는
여성의 삶을 비판적으로 보여주고 있다.

　주목할 것은, 시인의 '꽃' 이미지의 변화와 변용이다. '꽃'의
이미지는 개인적 차원에서 사회적 차원으로, 성적인 차원에서
존재론적인 차원으로 변화하고 있다는 것에 주목해야 한다. '여
성의 몸' 이미지가 '붉은색'과 혼융하여 어떻게 확장되는지를 눈
여겨보아야 한다.

　'붉은색' 이미지가 변주하는 다채로운 감각들 앞에서, 시인의
시를 어떤 주의나 사조에 끼워 맞춰 읽기에는 한계가 있다. 페미
니즘이나 사실주의 혹은 모더니즘 같은 틀을 덧씌우는 순간, 시
인의 고유성이 사라질 수 있기 때문이다. 사실, 시인의 시가 거
느리고 있는 감각들은 너무 다양하고 진폭이 크다. 보다 큰 개념
으로 공통의 분모를 삼고, 멀리서부터 중심을 에워싸며 접근하
는 방식으로 시집을 읽고자 한 의도도 여기에 있다.

그때가 언제였더라, 내 젖무덤이 겨우 과꽃만 해질 때였으리라

꼭 그만큼 자란 딸아이 데리고 생선 가게 앞을 지나가다 보았네
좌판 위 가재미를 요모조모 뒤집어보고 있는 여자 하나를 그러자 저
녁 하늘이 덩달아 울컥거리더니 눈이 내리기 시작했네 내 뒤를 딸랑
거리며 따라오는 아이처럼 눈송이가 눈송이를 따라 내리고, 눈발 속
에 가재미국 끓는 냄새가 났네

「생선 시장에서」 부분

"과꽃"만 하던 어린 화자는 장성하여 "꼭 그만큼 자란 딸아이"
를 낳고, 그 딸을 통해 다시 자신을 만난다. '꽃'의 상상력은 자
신의 몸을 빠져나와 어머니의 몸을 거쳐 다시 어린 딸의 몸과
만난다.

엄마의 딸에 대한 애정과 연민은 어떻게 형성되는 걸까. 어린
딸은 엄마와 심리적 동일시의 과정을 거치면서 엄마를 닮아간
다지만, 엄마가 자신의 딸과 자신을 동일시하는 이 역투사는 보
다 더 감동적이다. 여성들만의 운명과 사랑의 세계가 따로 있기
라도 한 걸까. 딸에게 "천복"이 있다는 관상쟁이의 말은 엄마의
딸에 대한 사랑과 기대와 소망으로 더욱 공고해진다. "가재미"를
매개로 엄마의 사랑은 딸에 대한 나의 사랑이 되고, "내 뒤를 딸
랑거리며 따라오는 아이"는 다시 "막내딸"이었던 그 옛날의 내
가 된다.

시인이 줄곧 보여주는 설렘과 몸살의 감각은 어쩌면 '여성'으
로부터 비롯된 것이며, 그 중심에 딸과 엄마의 관계가 전제되어
있는 것인지도 모른다. 이 시는 사회구조적 차원의 여성을 넘어,

어떤 운명적 세계관을 살아가는 여성의 세계로까지 확장되고
있다.

　사랑은 애초에 짓이겨질 소식이었다고 벗꽃이 흩날리는 밤

　꽃잎 가장자리 눈물에 지워진 추신을 해독하는 중이다

「낙화」 전문

　이 아름다운 낙화의 편지에는 "사랑은 애초에 짓이겨질 소식
이었다"는 비극적인 결말을 예고하고 있다. "벗꽃"은 오늘 지겠
지만, 그러나 내년 봄 다시 새 잎을 틔울 것이다. 불가능 속에서
어떤 희망의 가능성을 꿈꾸게 하는 것은 "지워진 추신"에 있다.
거기에 적혀 있던 내용이 무엇이었을까를 골똘히 생각하는 진
실 탐구의 과정은 설렘과 몸살을 거의 동시에 수반한다. 설렘의
몸살, 그 악전고투를 몸으로 끌어안는 시의 이율배반이 사뭇 아
프다.

3. 詩의 안과 밖―유쾌할 것인가 진지할 것인가

　한편, 시집에 수록된 상당수의 시편들은 독서 체험, 글쓰기 체
험으로부터 비롯된다. 그리고 이들 시편들은 여지없이 글쓰기의
설렘과 그 통증의 기록이다. 시인은 진정성 있는 시를 추구하면
서도, 발랄한 표현과 수사를 탐하기도 하고, 자신의 예술론을 시
화하기도 한다. 유쾌한 기교와 진지한 성찰을 동시에 갈망하는
이율배반은 설렘과 몸살의 순환을 그리며 제자리를 돈다.
　한때 시인은 "시인이라면 적어도 물욕주의에 무방비로 노출

된 채 일탈의 경계를 넘나들며 곡예하듯 살아가는 현재의 '우리들'의 모습을 사실적으로 포착할 줄 아는 자세를 견지해야 할 것이다."(「현실의 시적 형상화」)라고 자신의 사실주의적 시론을 표한 바 있다. 시집에 실린 「북어」, 「꽁치」, 「닭」, 「생선 시장에서」, 「논노패션」 등의 작품이 그 예시가 될 수 있겠다.

하지만, 현실 재현의 상상력을 토대로 하는 사실주의와는 전혀 다른 자리에서 시인은 '자기반영성'을 토대로 하는 또 다른 한 축을 보여주고 있다.

> 사과의 시린 이빨과 토마토 배꼽을 도려내자 풋내가 진동한다 첨언하듯 떨어뜨리는 몇 방울의 꿀, 과일과 꿀이 불화할 때가 있음을 명심해야 한다 회전과 와류를 타고 타액이 흥건해질 때까지 목을 조른다 누군가의 삶을 휘젓고 교란시킬 때의 악취미는 오래된 인류사 굉음과 함께 흔들리고 깨지고 섞이다가 혈행처럼 고요해지는 한 잔의 주스 사과도 토마토도 아닌 질감이 사라진 문장만 가득하다 모터가 돌아갈수록 통사 반복은 심드렁, 종지부는 생략되지만 눈과 혓바닥까지 잘려 나간 주스의 문체는 언제나
>
> 핏빛

「주스」 전문

여기, 한 잔의 주스가 있다. 물론 이 주스는 독자 앞에 바쳐지는 한 편의 시를 비유한다. 주스에는 과일의 "풋내"를 잡기 위한 "꿀"이 첨가된다. 한 편의 시에는 비유의 난해함을 극복하기 위한 일관된 분위기가 존재한다. 시의 풋내는 가공되지 않은 날것

의 맛이지만 독자들이 소화하기엔 힘들다. 여기에 꿀이 들어가야 한다. 비로소 시는 구체와 추상이 어우러지고, 메시지와 이미지가 소통한다.

　그러나 대상을 바라보는 의식과 그 의식을 표현하는 언어는 서로 일치하지 않는다. 아무리 그럴듯하게 '주스'를 제조해도 '주스'의 완전한 맛은 어디에도 찾을 수 없다. 시인은 이를 두고 "과일과 꿀이 불화할 때가 있음을 명심해야 한다"고 말하고 있다. 언어와 대상의 불일치, 이상과 현실의 괴리가 발생한다. 언어 예술이 가진 근본적인 불화인 셈이다.

　시인의 언어가 "누군가의 삶을 휘젓고 교란시킬" 수 있다면 그리하여 우리가 전에 없던 새로운 맛을 맛볼 수 있다면, 죽음과도 같은 이 지독한 무감각을 깨워 "핏빛"으로 출렁이는 날것의 세상을 뜨거운 감동으로 바라볼 수 있다면 얼마나 좋을까. 그러나 이 오래된 관습, 식상한 주스의 맛은 "사과도 토마토도 아닌" 그저 심드렁해지고 관습화된 "사라진 문장"일 뿐이다.

　시인의 허무는 이것이다. 해 아래 새로운 것은 없으며, 새로운 것은 독자와의 거리감을 유발하고, 식상함은 기시감을 유발한다는 것 말이다. 그래도 시인은 한 잔의 주스를 만들어야 한다. 독자는 자신의 갈증을 모르고 있으며, 자신이 맛본 서너 가지 단맛과 쓴맛이 주스의 전부인 줄 착각하고 있으니. 시를 쓰는 사람의 설렘이 끝내 몸살의 비애로 이어진다 해도, "핏빛"으로 생생하게 출렁이는 세계의 비의를 맛본 사람은 그 비밀스러운 언어의 제조를 멈추지 않을 것이다.

　　오래된 붓을 보았다

족제비도 산토끼도 아닌 물가 움막에 사는

갈대의 머리털로 만든 거였다

물이랑 사이 난독의 문장이 올라오곤 했다

넌도가 불분명한 묵은 서체였다

오랜 기억 속 필담을 나눈 적도 있는 듯 했다

목책 바깥 시큰둥하니 내가 있는 쪽으로

긴 모가지를 뻗어 조탁의 언어들 넘실댔다

바람이 책장을 넘기며 빠르게 읽어 갔다

먹이 마르기 전 필법을 훔쳐야겠다고 마음먹었다

「천변 산책」 전문

    시는 오롯이 작가 자신의 것이라기보다는 문학적 영향 관계 속에서 얻어온 것이다. "오랜 기억 속 필담을 나눈 적도 있는 듯" 한 것이기도 하다는 생각은 착각이 아니다. 그렇기 때문에 "필법을 훔쳐"서라도 얻어가고 싶은 애증의 대상이기도 하다. 그러나 세상의 어떤 시인이 타인의 문장을 베끼고 싶겠는가. 시의 언어는 세상에 없는 시인의 발명품이지 모조품은 아니다. 시인은 새로운 감각의 발명을 위해, 텍스트는 기꺼이 "불분명"한 "난독의 문장"이 되도록 할 것이며, "목책 바깥"에서 "시큰둥"하게 기대를 저버리게 하는 절망이 되게 할 것이다.

    새로워 보이는 필법은 이미 존재하고 있는 "오래된 붓"에서 나온 것이라는 좌절은 시에 나타나지 않는다. 하지만 시인의 오랜 고민은 여기에서부터 시작된 것은 아닐까. 사실주의의 '심드렁함'과 실험주의의 현란한 '교란' 사이에서, 양쪽을 모두 그리워하거나 양쪽을 모두 밀어내야 하는 이중의 구속. 시인은 욕망하면서도 절망하고, 절망하면서도 욕망한다. 어느 쪽을 택하든 '설렘'과 '몸살'의 이중구속에 사로잡힐 수밖에는 없다.

멧돼지를 씹어 삼키는 강한 아래턱이라야 활자의 맛을 볼 수 있다 글자 하나를 이해하는데 수천 그루의 잎맥을 독해하듯 송곳니 박고 말의 뿌리를 흡혈하고 있다

맹목의 소용돌이
과녁이 빗나간 신념

늙어가는 비유들이 어슬렁거리는 시간을 지나면 입 안 가득 활자의 새 잎이 돋아날 터이다

「도서관」 전문

죽어가는 고목에 생명이 움트고, 수천 그루의 나무들이 말을 걸어오는 세상을 눈으로 볼 수 있다면 환상이든 현실이든 비유든, 이 병들어 죽어가는 세계를 새것으로 만들 수 있는 창조성이 우리에게 있다면 얼마나 좋을까. 그렇다면 기꺼이 "독해"하는 "말의 뿌리"에 우리 모두 턱을 들이대고 "흡혈"이라도 해야 할 것이다.

이 시 또한 글쓰기 과정 그 자체를 시적 소재로 내세운 메타적 시를 보여 주고 있다. 사실주의 시와 메타시를 동시에 장착하

고 나아가면서 양날의 검을 꺼내 들고 있는 시인의 전략이 사뭇 진기하다.

이번 시집에서 시인이 보여 주는 세계는 너무 다채로워서 그의 예술론이나 가치관이 어디를 지향하게 될 것인지, 어떤 쪽으로 더 뻗어 나갈지는 추측하기가 어렵다. 다년간 묵혀온 시들이 일제히 자신의 색깔을 덧입고 나섰기 때문일 것이다.

포스트모더니즘 예술이 실험하고자 한 '자기반영성'으로 시인의 시를 규정하는 데에도 한계가 있다. 앞서 예시한 작품들이 서정시와 메타시 그 어디쯤에 위치한다고 말하는 데도 무리가 있다. 오랜 시간을 서랍 속에서 잠들었던 시들이 시집 안에서 긴 잠에서 깨고 세상에 나온 다음, 그 다음의 시들을 살펴볼 수 있기를 바랄 뿐이다.

커피 한 잔을 놓고 오랫동안 앉아 있다 어둑해진 시간을 볶아 넣고 풍경의 단조로움 녹아든 커피는 씁쓸하다 폭설이 내리고 비바람이 무섭게 창을 때릴 때 혹은 라일락 향이 문틈으로 뻗어 와 가슴팍에 사무치는 날, 에로티즘에 전 나는 폭풍 같은 사랑을 하고 시를 낳는다 내 언어는 무녀리 같은 새끼를 낳고 미역국 대신 떫고 쓴 커피를 마신다 어쩌면 언어의 자궁 속 망설임의 조건과 불안의 꼬리를 자르는지도 흘깃흘깃 눈초리 울창해지는 가운데 문장들은 태어나고 죽을 운명처럼 몇 개 울음은 탯줄을 끊기 전 소거되기도 아까부터 커피는 식어 있고 로스터 안쪽 볶아지길 기대하는 생두처럼 입적을 기다리는 몇 점의 혈血, 홀랑한 제 어미의 젖을 맹렬하게 빤다

「식은 커피」 전문

시의 에로티즘을 엿볼 수 있다. 그리고 이 에로티즘은 죽음 충동인 타나토스가 지배적 정서를 이룬다. 이 또한 설렘(에로스)과 몸살(타나토스)이다. "폭풍 같은 사랑을 하고 시를 낳는" 화자에게 있어서, 시의 아비는 '사랑'이다. "언어의 자궁"은 "망설임"과 "불안"의 검은 그림자로 불길하기만 하다. 때론 "몇 개 울음은 탯줄을 끊기도 전 소거되기도" 한다.

시를 출산하는 매 순간은 사랑의 과정과 다를 바가 없다는 것을 시인은 보여주고 있다. 그리고 사랑이 시작되는 설렘의 순간은 "입적을 기다리는 몇 점의 혈"이라는 고통과 통증의 결과로 끝난다. 이는 '몸살'의 순간이며 고통의 순간이지만, 창작의 과정이 여기서 끝나지 않고 "제 어미의 젖을 맹렬하게 빠"는 '설렘'의 순간이기도 하다.

시인에게 시 쓰기란, 설렘(유쾌함)과 몸살(진지함)의 반복이다. 그리고 이 모든 동력은 유쾌함과 진지함 그 어느 쪽에도 해당하지 않는 '붉은 빛', 즉 생의 열정과 상처가 남긴 "몇 점의 혈"이다. 이 빛(혈)은 정반합의 자기부정을 통해 얻어진 진실의 순간이다. 진리 혹은 진실의 탐구가 정반합의 과정을 거친다는 것은 헤겔의 생각이지만, 우리는 이 시집을 통해 동일한 현상을 목격하고 있다.

4. 디아스포라, 국경에 사는 자의 몸

안과 밖의 경계를 헤매는 사람들이 있다. 시집의 화자는 내국인이면서도 외국인 같은 심리적인 이방인이다. 안쪽에 있을 땐 바깥이 그립고, 바깥에 있을 땐 안쪽이 그립다. 디아스포라 현상을 내면에 껴안고 살아가는 사람은 결과적으로 안과 밖 모두를 상실한 채 떠돌게 된다.

오래 전부터 시인은 유랑민의 의식을 갖고 있었던 듯하다. 시인은 자신의 시의 한 축을 "디아스포라" 현상으로 규정하면서, 이에 대해 "자유의 부재와 평화의 실종도 유랑이다. 21세기의 유랑은 파편화된 개인이 같은 체제와 공간 안에서도 디아스포라(이산)가 이루어진다."(「현실의 시적 형상화」)고 말한 바 있다.

> 빌딩을 떠받치는 것이 질병의 숙주라는 소문이 떠돈다
>
> 입장할 때 폐쇄공포증 앓다가
> 튕겨 나올 때 사회부적응자의 명찰을 달고 있다
>
> 콘크리트 사막을 걷는다
> 사막엔 좌우로 열리는 문이 없다
>
> 「회전문」 전문

여기서 '문'은 입구와 출구의 장치이자 경계의 비유이다. 모든 빌딩이 '문'의 구조물을 갖는 것처럼 우리도 이 세계의 구조물인 '문'으로 들어갔다가 '문'으로 나온다. 세계의 안은 "폐쇄공포증"을 일으킬 만큼 좁고 답답하고 어두운 곳이며, 그 바깥으로 빠져나오려고 하는 사람에겐 "사회부적응자"의 명찰을 달아준다. 이 빌딩은 매트릭스matrix이며, 모든 세계의 실상이다.

그리고 이 세계의 잔혹한 실상은 "콘크리트 사막"으로 비유되며, 이 사막엔 "좌우로 열리는 문이 없다"는 것이 화자의 진술이

다. 진입과 퇴출의 당위성을 구조적으로 자연스럽게 받아들이도록 강요하고 있는 것이 "회전문"이라면, 화자는 그 회전문 앞에서 "사막"의 삭막함을 느끼며 거부감을 갖고 있다.

견자見者들은 세계의 구조와 코드를 읽어 내는 사람이다. 복잡한 구조물이 실상 얼마나 단순한 콘크리트 사막인지를 단번에 꿰뚫는 사람이다. 그러나 세계의 진상을 알아차린 사람은 그 세계가 주는 평안과 위로를 잃어버리고 문 근처를 맴돌게 된다. 다시 문 안으로 들어갈 것인지, 문 밖에서 살 것인지, 아니면 문을 제거하고 세계를 허상으로부터 구출해 낼 것인지는 어디까지나 시인 개인의 몫이다.

"오, 불쌍한 마틸다. 그 목걸이는 가짜였단다." 모파상이 쓴 소설 속 여주인공에게 꿈을 꾸며 살아가게 할 것인지, 아니면 꿈을 깨고 비참한 현실을 마주 보게 할 것인지에 대한 해답은 없다. 다만 진실을 알아버린 어떤 사람들은 세계의 출입구 근처에서 오래 헤매게 될 것이다. 나그네 의식을 내비치고 있는 시인은 탈주의 욕망과 귀속의 두려움 속에서 '설렘'과 '몸살'의 이중성을 앓는다.

너는 1인분의 바다로 내게 왔구나

패각 모서리 주름 사이사이

흰 파도 덧니 난 계집아이처럼 웃고

소금기 비릿한 몸을 하고 풍문처럼 왔구나

붉은 네 육체의 건강한 리듬

불 위에 달구어질 때

내 욕망도 따라 더욱 붉어지던 것을

부끄럽게 고백하노라

매끄러운 네 몸 속에 또 하나의 몸
차마 숨길 곳이 없었던 게지
벌겋게 달아오른 젓가락이 집요하게
너를 헤집을 때마다
산통 앓는 여인처럼 질끈 눈을 감고 뒤척여대던

너는 1인분의 바다가 되어 도망쳐왔구나

「홍합」 전문

이 시에 나타나는 안과 밖의 구조물은 여성의 몸을 차용하고 있다. 그리고 여성의 몸으로 치환되는 "홍합"에 대해 화자의 입장은 소극적이다 못해 고립적이다. "1인분"을 겨우 충족할 만큼 자기충족에 그치고 있다. 욕망의 확산을 제어하고 "도망"함으로써 화자는 형벌처럼 "패각" 속에 갇힌 채 "산통"을 앓는다. 그리고 욕망에 대한 '설렘'과 그로 인한 산통의 '몸살'은 패각 안에서 반복된다.

"몸속에 또 하나의 몸"은 홍합의 몸 구조이면서, 외부에서 도망쳐 나온 탈주자의 몸이기도 하다. 몸의 분열, 세계의 분열은 사회적인 소외를 통해 발생하는 것만은 아니다. 이 시에서처럼 성적인 좌절을 통해서도 몸은 유폐될 수 있다. 하지만 몸(욕망)은 유폐되기만 하는 것도 아니다. 시집 전체에 드러난 몸의 욕망은 안과 밖 어느 쪽에서도 안식을 얻지 못한다. 자신의 몸을 소외시키면서도 끝내 자신의 몸을 품어주고, 그러면서도 또 바깥을 지향하는 데서 모순은 발생한다. 시인에게는 사회·정치적인 이방인의 모습과 거세된 욕망의 프로이트적인 떠돌이의 모습도 있다. "몸속에 또 하나의 몸"이 있다.

접시 위에 잘 구워진 채 퍼덕거린다
물때가 가시지 않은 맑은 눈을 또랑또랑 뜬 채
꽁치는 잠시 숨을 고르는 중이다

꽁치가 날아가지 못하도록
날렵한 젓가락들이 접시 주변을 들락거린다
꽁치의 살과 살 사이
흰 머리카락 같은 가시들이 드러난다

촘촘히 박음질한 무명천 조각 같은 가시는
꽁치의 몸을 찌르던 바늘이었다

나는 누구인가, 바다를 벗어나고 싶은 꽁치가
물을 때마다 가시는 단단해졌다
스스로를 찌르는 가시 때문에
푸른 물결을 뚫어야 했다
가시에 찔리지 않으려고 도망치다
꽁치는 길쭉해졌다

꽁치의 몸에
대가리부터 꼬리까지 들어와 박힌 청회색 바다를

젓가락들이 뜯어먹게 놔두고

꽁치는 다시 날아가려고 기우뚱 뒤집힌다

반대쪽 살이 통통하다

「꽁치」 전문

꽁치는 날아갈 수 있는 존재가 아니지만 이 시에서 꽁치는 "날아가려고" 몸을 뒤척이는 존재다. 환상과 허구는 무엇인가. 그것은 탈주에 대한 욕망이 간절해질 때 발생한다. 안으로는 "스스로를 찌르는 가시"가 돋아나고 있고, 밖으로는 "푸른 물결"과 "젓가락들"이 기다리고 있다는 절박함 속에서 망상은 어두운 복도를 지나 우리에게로 슬며시 걸어온다. 안과 밖, 그 어디로도 달아날 곳은 없다는 망가진 현실 속에서 유령처럼 우리에게 손짓을 한다. 현실의 속박과 울타리를 넘어 유령과 환영들이 안개처럼 떠다니는 세계로 진입하는 것은 분열에 가깝지만, 현실을 넘어선 환상은 그때부터 강력한 정당성을 갖는다. "접시 위에 잘 구워진 채 퍼덕"거리는 자신의 몸뚱이를 바라보는 이 광기는 그래서 아름답기까지 하다.

현실 탈주에 대한 욕망은 안에서 밖을 꿈꾸는 데서 비롯된다. 꿈의 과정은 설렘의 과정이며, 이 꿈의 좌절은 몸살의 통증으로 나타난다.

한 사람의 몸 안에서도 디아스포라 현상은 이토록 치열하게 서로를 밀고 당기며 길항한다. "꽁치는 다시 날아가려고" 하고, 시인은 언제나 "꽁치의 몸을 찌르던" 가시를 피해 떠날 준비가 되어 있다. 정착과 이주가 몸을 통해 꿈틀대지만 그 끝이 "잘 구워진" 죽음일 뿐인지는 누구도 알기 어렵다. 다만 안쪽에 있을 땐 밖을 꿈꾸고, 밖에 있을 땐 안쪽을 그리워하며 떠돌 뿐이다. 그리고 이 떠돎의 운동성이야말로 시인의 운명이며, 이 시집이 보여주는 개성이다.

> 저녁마다 지워지는 그 아름다운 실패작을
> 하루치 식량처럼 꼬박꼬박 먹어도 안 없어지던 허기
> 여전한 내가 국경수비대에 잡혀 철책을 넘지 못하는
> 가도 가도 손닿지 않는 쓸쓸함의 풍요
>
> 「노을」 전문

노을 속에서 한계와 희망을 동시에 바라볼 수 있는 자는 시인이다. "허기"의 욕망은 끝내 채워지지 않을 것이다. "철책을 넘지 못"할 것을 알면서 "국경" 근처를 헤매는 먼 이국에 대한 환상도 끝내는 몽상으로 끝날 것이다. 시인이여, 당신은 패배할 것이며 "실패"할 것이다. 패배하기 위해 살아남을 것이고, 실패하기 위해 기꺼이 먼 길을 떠날 것이다. 사람들은 당신을 시인이라 호명할 테지만 "저녁마다 지워지는" 노을은 당신을 아름다운 폐인으로 기록할 것이다. 그리고 그 패배의 기록을 우리는 설렘과 몸살의 아이러니로 적을 것이며, 자기분열의 모순을 끝까지 앓아야 했던 우리 시대의 낯선 이방인으로 기억할 것이다.

> 석유찌꺼기 같은 위험한 농담과 플라스틱 성분의 비열한 거래를
> 목격했다고 토막 난 후에야 진술하는 당신 어쩌다 여기까지 왔나
>
> 「아가미」 부분

"어쩌다 여기까지" 왔는지는 아무도 알지 못한다. 다만 끝없이 바깥을 그리워하며 "농담"을 했고, 그것이 "비열한 거래"라는 자괴감이 들 때마다 "토막"이 난 자신의 분열을 목격했을 뿐이다. "설익은 이국異國의 양식"(「국경에 대하여」)을 살아가는 그가 바로 시인이며, 그가 바로 이방인이다.

5. 당신은 어디로 가는가

　윤리적인 것과 비윤리적인 것, 안과 밖, 떠나는 것과 남는 것 등으로 나타나는 이항대립이 실은, 붉은 빛을 향한 설렘과 몸살의 기록이다. 시집 속의 설렘과 몸살 현상은, 글쓰기 체험과 가족사, 여성의 몸, 디아스포라 등을 통해 확인할 수 있었다. 그리고 그것은 시적 진실을 추구해 나갈 때 발생하는 필연적인 모순의 형식을 띠고 있다는 것을 알 수 있었다.

　시집을 출간한다는 것은, 시인으로서의 삶의 연대기를 인위적으로 구획하는 중요한 사건이다. 시집을 냄으로써 다음 세계로의 진입이 가능하고, 또 그래야만 그간의 삶에 매듭이 지어지는 듯한 느낌은 그저 막연한 허구가 아니다.

　시인은 그의 논문 어디쯤에선가 "아버지로부터 얻은 문학적 자양분"과 더불어 "어머니의 부재는 너무나 많은 상처를 남겼다"고 회고했으며, "흰머리가 막 올라오는 거울 속 내 얼굴이 곧 어머니의 얼굴"이라고 토로했다. 그러면서 "세계가 어떻게 변하든 고정불변의 이름 가족은 문학적 갈래이자 문학의 근원"임을 밝힌 바 있다.

첫 시집은 가족들에게 바치는 일종의 헌사적인 면이 없지 않다. 가족사를 통해 그간의 삶이 한 권의 시집으로 정리되어 서가에 꽂힐 때, 식구들에 대한 미안함과 부끄러움 때문에 한동안 시집을 펼치지 못했던 기억은 많은 시인들이 공유하는 경험일 것이다.

첫 시집 발간 후 얼마가 지나면 덜컥 겁이 날 수도 있겠다. 다음에 나아가야 할 길, 앞으로 보여주어야 할 세계관 같은 것들이 압박으로 다가와 원고 마감일을 놓치게 될지도 모르겠다.

이 모든 것이 기우일지라도, 덧붙여 한 마디만 시인께 당부하고자 한다. 좌우를 돌아보며 마음을 빼앗길 필요는 없다. 자기변화, 자기 혁신이라는 다소 폭력적인 요구에 귀 기울이지 않았으면 좋겠다. 오로지 자신 안에서, 자신의 내면을 더 깊이 파들어가거나, 혹은 자신의 깊은 내면에서 공기처럼 가볍게 위를 향해 떠오르거나 하는 방법밖엔 없다. 즐겁거나 우울하거나 가볍거나 무겁거나 오직 자신의 내면에서 이루어질 뿐이다.

시인이 보여준 설렘과 몸살의 깊이, 그 깊이의 높낮이가 어떻게 새로이 변주될 것인가를 독자들은 눈여겨 볼 것이다. 그리고 그마저도 오직 시인 자신의 몫이라는 엄중한 현실 앞에서 이제 첫 시집을 상재하는 한 빼어난 시인을 독자 여러분께 소개하고자 한다.

여기 한 시인이 있습니다. 그는 고독과 열정의 삶을 온몸으로 살았으며, 자신이 몸담은 세계의 내면과 이면의 본질을 모두 알아버린 덕분에 자발적인 이방인의 삶을 살아야 했습니다. 불행했으나 행복했던, 설렘과 몸살의 병상일지를 그는 여러분 앞에 내놓고 조용히 묻고 있습니다. 당신은 어쩌다 여기까지 왔습니까. 당신은 누구십니까, 당신은 어디로 가십니까. 우리는 그가 내미는 한 권의 시집 속에서 모든 해답을 구하지 못할 테지만, 다만 동변상련의 위로를 얻을 수 있을 것입니다. 여러분, 모두 주목해 주십시오. 그가, 바로, 지금, 여기, 우리들 앞으로 걸어오고 있습니다.

시인 기명숙

전남 목포에서 태어나 한양대학교와 우석대학교 대학원 문예창작학과를 졸업했다. 2006년 전북일보 신춘문예에 시 「북어」가 당선되어 등단했으며 2019년 전북문화관광재단 문예진흥기금을 수혜했다. 현재 글쓰기센터와 공무원 연수원 등지에서 강의를 하고 있다.

모악시인선 018

몸 밖의 안부를 묻다

1판 1쇄 펴낸 날 2019년 11월 8일
1판 2쇄 펴낸 날 2019년 11월 22일

지은이 기명숙
펴낸이 김완준

펴낸곳 모악

기획위원 문태준, 손택수, 박성우
출판등록 2016년 1월 21일 제2016-000004호
주소 전북 전주시 덕진구 기린대로 418 전북일보사 6층 (우)54931
전화 063-276-8601
팩스 063-276-8602
이메일 moakbooks@daum.net

ISBN 979-11-88071-22-7 03810

* 이 도서의 국립중앙도서관 출판예정도서목록(CIP)은 서지정보유통지원시스템 홈페이지 (http://seoji.nl.go.kr)와 국가자료공동목록시스템(http://www.nl.go.kr/kolisnet)에서 이용하실 수 있습니다.(CIP제어번호: CIP2019038980)
* 이 책의 내용을 재사용하려면 모악의 서면 동의를 받아야 합니다.
* 이 책은 2019 전라북도 문화관광재단 지역문화예술 육성지원사업의 지원을 받았습니다.

값 10,000원